GELLI CLASH

DO PAPEL AO PLAY
MINHA HISTÓRIA NO YOUTUBE

GELLI CLASH

DO PAPEL AO PLAY

MINHA HISTÓRIA NO YOUTUBE

astral
cultural

 Este livro foi revisado segundo o Novo Acordo Ortográfico da Língua Portuguesa.

Produção editorial Adriana Oshiro, Aline Santos, Bárbara Gatti, Fernanda Costa, Gabriel Eli, José Cleto, Luiza Marcondes e Natália Ortega
Capa Agência MOV
Fotos Rodrigo Lopes

Ilustrações Alexander Lysenko/Shutterstock, cosmic_pony/Shutterstock, Gazoukoo/Shutterstock, hasiru/Shutterstock, In Art/Shutterstock, Lyudmyla Kharlamova/Shutterstock, mhatzapa/Shutterstock, Natasha Pankina/Shutterstock, Nbenbow/Shutterstock, Netkoff/Shutterstock, OhEngine/Shutterstock, Ohn Mar/Shutterstock, ONYXprj/Shutterstock, Pand P Studio/Shutterstock, primiaou/Shutterstock, puruan/Shutterstock, redchocolate/Shutterstock, schiva/Shutterstock, synchR/Shutterstock, thewet nonthachai/Shutterstock, Tom and Kwikki/Shutterstock, Twin Design/Shutterstock, Valeriya_Dor/Shutterstock, volkanakmese/Shutterstock, was a/Shutterstock, Yulia Ogneva/Shutterstock, Zdenek Sasek/Shutterstock.

Dados Internacionais de Catalogação na Publicação (CIP)
Angélica Ilacqua CRB-8/7057

G282g Gelli, Pedro
Gelli Clash - Do papel ao play: minha história no YouTube / Pedro Gelli. - Bauru, SP : Astral Cultural, 2019.
160 p. : il.

ISBN: 978-85-8246-985-9

1. Gelli, Pedro, 1996 - Biografia 2. Jogos para computador 3. Youtube (Recurso eletrônico) 4. Celebridades da internet I. Título

19-1586

CDD 920
CDU 82-94

Índice para catálogo sistemático:
1. Youtubers : Biografia

ASTRAL CULTURAL É A DIVISÃO LIVROS DO GRUPO ALTO ASTRAL.

BAURU
Rua Gustavo Maciel, 19-26
CEP 17012-110
Telefone: (14) 3235-3878
Fax: (14) 3235-3879

SÃO PAULO
Alameda Vicente Pinzon, 173
4° andar, Vila Olímpia
CEP 04547-130
Telefone: (11) 5694-4545

E-mail: contato@astralcultural.com.br

Dedico este livro aos meus pais, amigos e a todos os meus seguidores – **sem vocês, nada disso seria possível!**

Sumário

Fala, galera, mais um vídeo, eu sou o Gelli...

Caraca! Que sensação incrível estar escrevendo um livro! **Então, fala, galera, este aqui é o meu primeiro livro!** Que demais!

É muito gratificante ver que o trabalho que eu faço diariamente tem o seu reconhecimento, sabia? Afinal, para chegar até aqui, foi preciso muito esforço, dedicação, muitas noites mal-dormidas, e outras acordado... Aliás, isso rola até hoje, diga-se de passagem! Hahaha!

Mas, cara, é muito bom fazer o que eu amo e ter o apoio e o incentivo das pessoas que me acompanham. Faz tudo valer a pena, de verdade. E tudo o que faço, desde a ideia inicial, até a gravação e o conteúdo final, é pensando em você.

Saber que posso ser uma inspiração fazendo o que mais curto é a minha maior recompensa. É o combustível que me impulsiona para continuar criando conteúdo e ganhando a vida com isso.

Se alguém me contasse, há alguns anos, que hoje estaria aqui, escrevendo as páginas do meu livro, com certeza, eu não acreditaria. Mas a vida é assim: imprevisível, né? Nos leva a caminhos que jamais imaginamos. **O que me resta é agradecer, cara. Por tudo!**

Sabe, ter um canal de games bem-sucedido, hoje em dia, não é nada fácil. Você tá ligado nisso, né? É preciso ter foco, garra e muita força de vontade. O lance é suado! A concorrência é pesada e tem muita opção bacana para a galera seguir, acompanhar... Não é verdade?

Por isso, saber que fui escolhido para fazer parte do seu dia a dia, falando sobre o que eu mais gosto de fazer, é um privilégio – e dos grandes!

Nas próximas páginas, você vai descobrir fatos que nunca falei antes sobre a minha vida e ficar por dentro de relatos bem particulares sobre a minha infância e a trajetória do canal.

Aqui, contei como tudo começou: onde nasci, como é a minha família, como e quando comecei a me interessar por games, o primeiro jogo que zerei, quais consoles já tive... Ufa! Cada letrinha deste livro foi escrita especialmente para cada uma das pessoas que me acompanham. Nada menos do que isso. Tá tudo bem detalhado para você!

Além disso, vou revelar um segredo: sabia que comecei uma faculdade diferente do ramo que sigo hoje em dia? Vou explicar como tudo aconteceu e a profissão que eu pretendo seguir no futuro.

Você ainda vai saber como comecei a me interessar por desenho. Ahhh! Esta é uma das partes de que mais gostei no livro. Tem uma surpresa especial aqui dentro... **Quer um spoiler? Você vai aprender um passo a passo de como praticar o desenho e... O restante, só acompanhando para saber!**

Eu espero que, a cada página, você fique com vontade de ler mais e **saiba que tudo foi preparado minuciosamente com muito carinho e cuidado.**

Obrigado por me acompanhar.

Obrigado por escolher meu livro dentre tantas outras opções.

Obrigado por curtir o meu trabalho e compartilhar este momento tão especial comigo.

E aí... Partiu?

01

DESCOBRINDO O QUE EU GOSTO DE FAZER

O COMEÇO DE TUDO

Se você me conhece do canal, prepare-se! Este livro será uma verdadeira surpresa com o tanto de coisas que você vai descobrir por aqui. Bora?

Nasci no dia 7 de outubro de 1996, em Petrópolis, no Rio de Janeiro. E tenho tantas lembranças divertidas sobre minha infância... Quero começar contando algumas curiosidades dessa época.

Sabia que a minha primeira paixão na vida foram os desenhos? Eu desenho desde que tinha uns três anos, mais ou menos. Desenhava até nas paredes da minha casa, dá para acreditar? Meus pais chegavam em casa e a parede já estava lá, toda rabiscada e pintada.

Na verdade, sempre fui viciado em desenhar, essa é a lembrança mais forte e maneira de toda a minha infância. Eu só desenhava!

Para você ter uma ideia, sempre fui apaixonado pelos desenhos da *Disney*, eles eram — e ainda são – os meus favoritos. Eu me lembro sempre de sentar no chão e colocar o papel sobre uma mesinha daquelas de tomar café na cama (que tem uns pezinhos, conhece?). **E, aí, eu sentava em um colchão, pegava os lápis, observava a televisão e copiava os personagens que via.** Passava horas e horas do meu dia fazendo isso! Na real, todo o tempo que eu tinha livre, passava desenhando. Ah, que tempo bom!

Nem quando já estava na escola parei de desenhar! Quando voltava da aula, já saía desenhando em algum canto da casa. Lembra da *TV Globinho?* Era meu programa favorito. Tirei muitas inspirações de lá para fazer meus desenhos.

QUANDO VIREI UM GAMELOVER

Já a minha paixão pelos jogos veio depois. Quer dizer, nem era lá uma paixão no começo. Calma, eu posso explicar! O primeiro que joguei... Qual foi mesmo? Ah, lembrei: *Duck Hunt*. Isso tem uns quinze anos. Me lembro exatamente de como ele era. **Eu tinha um videogame que nem me recordo do nome.** Na época, era um dos mais baratos e até meio "vagabundo", se comparado com os que existem hoje em dia. Esse videogame tinha uma espécie de sensorzinho, tipo uma pistola conectada nele, por fio mesmo. Você atirava na tevê, os patinhos iam passando e você ia acertando eles... Um pouco agressivo, eu sei, mas era legal, galera! Pelo menos, na época, achava divertido.

Nessa fase, eu tinha oito anos, era muito pequenininho. Ainda não tinha noção de games nem nada, mas gostava demais desse jogo. E você nem vai acreditar, mas não tinha internet direito na minha cidade!

O QUE MEUS PRIMOS TÊM A VER COM A MINHA HISTÓRIA?

Parece até mentira e piada, mas eu nunca fui um cara muito ligado em jogo. Como minha mãe sempre me via jogando videogame com meus primos, acabou me dando alguns consoles: o *PlayStation 1*, o *PlayStation 2*, o *Nintendo Wii*... Ela me dava de presente de Natal ou nos aniversários. E isso acabou sendo uma das partes mais importantes da minha infância, pois eu passava todos os finais de semana com meus primos.

Na época, passava mais tempo com meu primo mais novo do que com o mais velho. No entanto, depois de um tempo, comecei a ir menos na casa deles e, como eu não jogava muito sozinho, pedi para minha mãe parar de comprar videogame para mim. **Fiquei anos e anos sem jogar e sem, literalmente, querer jogar. É sério. Em compensação, estava sempre desenhando.**

“

EU COMECEI A ANDAR DE BICICLETA QUANDO TINHA QUATRO ANOS DE IDADE. ERA UMA BIKE LARANJA, EMPRESTADA DOS MEUS PRIMOS. LEMBRO COMO SE FOSSE HOJE: TUDO O QUE ERA DELES, ACABAVA SENDO MEU DEPOIS. ROUPAS, SAPATOS E ATÉ OS VIDEOGAMES (DEI SORTE DE SER O MENOR)!

”

O ÚNICO JOGO ZERADO!

O videogame que eu mais gostava era o *Nintendo DS*, ele era portátil e eu levava para todo canto. Isso porque, nele, podia jogar o *New Super Mario Bros*. Este é um jogo que eu zerei várias e várias vezes. O único jogo da minha vida que tive paciência para zerar, na real. Joguei por muito tempo, mesmo!

Logo depois disso, a internet começou a melhorar, pois, antes, era discada. Foi quando comecei a jogar no site da *Cartoon Network:* tinha o jogo do *Scooby Doo*, jogos de labirinto... Era muito bacana! Tinham outros sites também que eu curtia bastante, e aproveitava os jogos de browser!

Foi aí que conheci o *Clash of Clans*, no final de 2012. Eu pirei! Fiquei viciado, jogava por muitas horas seguidas. Na verdade, foi assim: em 2013, fiz um intercâmbio, fiquei seis meses fora. Morei nos Estados Unidos, em uma cidade chamada Okeene, em Oklahoma, onde aprendi a falar inglês fluentemente. A cidade não chegava nem perto de 1.500 habitantes! Morei com uma família, as conhecidas *host families* e, durante esse tempo, nunca parei de jogar *Clash*.

Quando voltei ao Brasil, conheci minha ex-namorada que, me vendo jogar o tempo todo, me estimulou a criar o canal no YouTube, assim como alguns grandes amigos também fizeram.

Quando a internet apareceu, era aquela discada, ou seja, horrível! Eu tinha que acessar depois de meia-noite, porque era o horário que tinha menos gente usando! #Trash

LOADING..

MINHA BASE

Não tem como contar a minha história sem citar meus pais. Meu pai já está perto dos oitenta anos e se casou três vezes. Desses casamentos, vieram meus irmãos, mas nunca convivi muito com eles, temos uma diferença de idade bem grande uns dos outros. O Frederico tem cinquenta e dois anos, o Gustavo tem cinquenta e um e o Ricardo, trinta e sete. Eu ainda estou na turma dos vinte, então adivinha quem é o caçula? Hahaha. Sabe o que é mais curioso? A minha mãe é só um pouco mais velha que meus irmãos Fred e Gustavo. Bizarro, né? Eu sei!

Por falar na minha mãe, ela pagou vários cursos de desenho para mim. Graças aos esforços dos meus pais, sempre tive uma boa estrutura. Já vi minha mãe trabalhando dezoito horas por dia para não deixar faltar nada em casa. Hoje, consigo me manter e pagar minhas contas. Mas ela foi muito guerreira, me sustentou, me ajudou e me incentivou demais, lutou sempre por mim! Te amo, mãe!

Já meu pai pagava minhas aulas de piano, a grande paixão da vida dele. Sabia que ele queria ser maestro? Mas decidiu não seguir por essa carreira, já que havia muito preconceito na época – diziam que ele não conseguiria ganhar dinheiro com isso e que ser músico era uma furada! Foi então que ele resolveu cursar Engenharia.

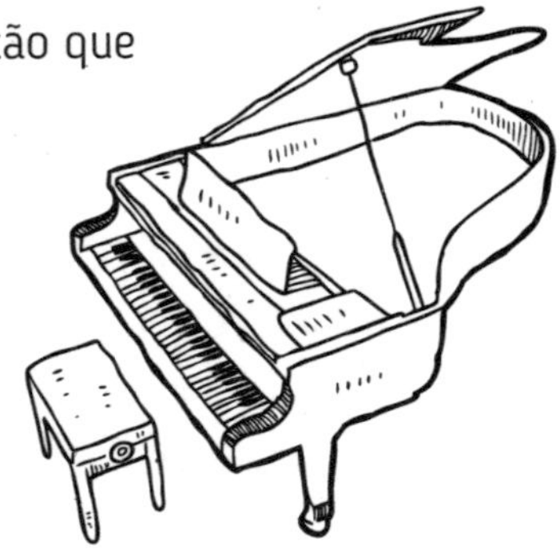

Meus pais sempre fizeram de tudo por mim. O melhor para me proteger. Meu pai, principalmente, é um cara bastante protetor – até exagera, às vezes! –, mas eles sempre me deram o melhor, trabalharam demais para me dar tudo o que precisei.

Hoje, não preciso mais de nenhuma ajuda financeira deles, mas meus pais são todo o meu alicerce. Tudo o que eu tenho, meus guias, pessoas que tenho 100% como exemplo. Sei que todo mundo erra, que todos têm seus defeitos, mas os dois são as pessoas nas quais mais me inspiro!

10 FATOS QUE MARCARAM DEMAIS A MINHA INFÂNCIA

1. O DIA QUE APRENDI A ANDAR DE BICICLETA

Isso foi na minha casa mesmo, tinha quatro anos e estava usando a bicicleta que tinha sido dos meus primos (todos aprendemos na mesma). Ela era branca e laranja e tinha duas rodinhas atrás para não nos estabacarmos. Naquele belo dia, minha mãe tirou as rodinhas e me empurrou... Imaginou a cena?! Hahaha.

No começo, confesso, era difícil parar a bike, mas acabei aprendendo. Algumas horinhas insistindo e eu já estava andando superbem, sem nenhuma ajuda.

2. OS DIAS DE VERÃO COM MEUS AVÓS NA PRAIA

Passava um mês inteiro com eles em Cabo Frio, região dos lagos do Rio de Janeiro. Minha mãe só tinha quinze dias de férias, então, logo depois da virada do ano, meus avós me levavam para lá e ficávamos na casa de praia deles.

Hoje em dia, temos tantas obrigações, né? Quando a gente é criança, acha que crescer vai ser demais! Só que, depois que viramos adultos, não é bem assim... Conforme o tempo passa, percebemos que ser criança é muito mais legal! Eu me lembro com muito carinho dessa fase, quando ia todos os verões para a casa dos meus avós.

Era incrível, são tempos muito bacanas. Tinha um espaço dentro do condomínio em que tinha mesa de ping pong. Acredita que eu gostava tanto que, anos depois, participei até de competições dessa modalidade?

Também tinha sinuca, quadra de futebol... A gente saía da praia e lá pelas sete da noite íamos brincar no condomínio. Que saudade! Eu queria muito ter menos obrigações para poder viver mais momentos como esses.

3. MEUS PRIMEIROS DIAS DE CADA ANO NA ESCOLA

Estudei na mesma escola por doze anos, o Colégio Bom Jesus Canarinhos, em Petrópolis. Todo começo de ano era um frio na barriga, pois era sempre uma surpresa saber se eu ficaria na mesma sala dos meus amigos. Então, no primeiro dia, corria para as salas e já ia direto ver a lista da classe. Me lembro, inclusive, de pedir para trocar uma vez, pois não conhecia quase ninguém da sala em que estava naquele ano. No fim, não deu certo, tive que continuar lá e foi ótimo, acabei fazendo amigos para a vida toda.

4. UMA CICATRIZ BIZARRA

Lá pelos meus treze anos, quando eu estava indo para a escola, uma professora minha passou de carro e acenou, mas o que nós não esperávamos é que havia um buraco exatamente onde eu ia pisar no momento em que olhei para o lado. Resultado: fiz o maior machucado da minha vida naquele dia, nunca vi sangrar tanto. Minha perna afundou até a altura do joelho e, mesmo depois de dez anos, ainda tenho não só a cicatriz como também um leve "buraco" na minha perna pela ausência da pele que perdi raspando naquele tombo que levei.

5. QUATORZE ANOS DE REFORMA

Meus pais não tinham como reformar uma casa rápido, devido ao alto custo, então, a nossa casa ficou em obras por quatorze anos. O tempo foi tanto que fiquei amigo dos pedreiros e até ajudava quando podia. Era muito divertido e foi ótimo, porque aprendi muito sobre obras e construção e, quando eu tinha alguma dúvida maluca

sobre o assunto, meu pai estava lá para me explicar (hahaha). Ela estava caindo aos pedaços. Lembro da minha infância em ver a casa se desmontando. Tinha um pedaço da casa que não tinha telhado, era um buraco, hahaha. Acho que meus pais vão ficar nessa casa até o fim da vida. É uma casa maravilhosa, tem espaço para a família inteira. É bem legal. Demorou quatorze anos para ser feita, mas foi para podermos viver oitenta anos dentro dela!

Eu ainda moro na casa que demorou para ser reformada. É a casa dos meus pais, na verdade. Atualmente, moro três dias na Gameland, dois dias com minha namorada em São Paulo e os outros dois dias com meus pais, em Petrópolis.

6. MINHA PRIMEIRA PISTA DE CARRINHOS

Quando tinha uns nove anos, brincando com meus carrinhos da Hot Wheels, senti a necessidade de construir uma pista para eles, e foi exatamente o que fiz. Pedi para o meu pai uns trocados para comprar papelão e construí uma pista gigante de mais de um metro para meus carrinhos. Ficou iradíssima, tinha até looping.

7. AMIZADES PARA A VIDA TODA

Tia Bel, a mesma professora que me distraiu e eu acabei caindo no buraco, é a dona da creche onde minha mãe me colocou quando eu tinha menos de seis meses de idade. Os dois filhos dela, até hoje, são grandes amigos meus, assim como uma outra grande amiga que conheço há mais de vinte e dois anos: sempre que podemos, nos encontramos para botar o papo em dia. É muito bom manter esse contato por tantos anos, tenho várias fotos da infância com eles.

8. PRESENTES QUE A ESCOLA ME DEU

Ainda falo com alguns amigos que fiz na época do colégio. Eles são meus melhores amigos até hoje e são pessoas que sei que estarão comigo nos bons e nos maus momentos da vida.

9. MEU PRATO PREFERIDO

Outra coisa marcante da minha infância foi comer muito macarrão instantâneo com feijão que meu pai fazia para mim. Este era – e ainda é – um dos meus pratos favoritos. Ele botava ovo, purê... Só de lembrar já fico com água na boca. E antes de falar que é nojento, prove, você também vai se apaixonar.

O macarrão com feijão, eu como até hoje, mas faço com menos frequência, porque não é um prato saudável, né?! Quer a receita? Anote aí:

Coloque água na panela e já acrescente o macarrão instantâneo. Depois que evaporar toda a água, tire o macarrão dessa panela e já jogue em cima do feijão (aquele que sobrou do almoço, sabe?). Depois, jogue um pouco de azeite por cima e coloque salsicha picadinha, já cozida. Por último, acrescente ovo cru e vá mexendo até que ele cozinhe com os outros ingredientes. Pronto! É só comer e se deliciar!!!

10. UMA VIAGEM INCRÍVEL QUE FIZ COM MINHA MÃE

Fomos para Ilha Grande quando eu tinha uns onze anos. O lugar era lindo e nunca me esqueci de um detalhe: tínhamos que pegar um barco e só depois de duas horas é que chegávamos lá. Nessa viagem, fomos só minha mãe e eu, pois meu pai tem medo de mar.

Até hoje, tenho foto dessa viagem com minha mãe.

Tirava foto com meu Nintendo DS. Ele tinha uns filtros bem legais, tipo Snapchat e Instagram. Hoje, a galera nem acha graça nesses filtros, mas, naquela época, eu achava isso demais! Todas as viagens com minha mãe são especiais. Ela se programa muito para a gente curtir cada momento!

Sou acostumado a viajar com minha mãe porque meu pai é mais velho e tem dificuldade de andar, pois tem problema no joelho... Sem contar que minha mãe sempre teve um espírito aventureiro. *Ela é muito ativa, trabalha muito e sempre viaja para lugares em que preciso andar muito. Aliás, há dois anos, ela quebrou o pé e ficou seis meses sem andar direito. Tudo porque, em uma de suas viagens, caiu de um degrau.*

AGORA É A SUA VEZ!

Recordar é sempre bom, eu adoro! Então, me diga: quais são os dez fatos que mais marcaram a sua infância? Tire uma foto e poste nas redes com a hashtag #livrodogelli.

1. ....
....

2. ....
....

3. ....
....

4. ....
....

5. ....
....

6. ....
....

7. ....
....

8. ....
....

9. ....
....

10. ....
....

02

QUANDO DEI PLAY NO GELLI CLASH

DO LÁPIS PARA A TELA DO COMPUTADOR

Na real, meu canal só bombou depois que tranquei a faculdade de Design. Para quem não sabe, prestei vestibular aos dezessete anos, passei e comecei a fazer o curso no meio de 2014. **Como sempre fui alucinado por desenho (desde os três anos, na verdade), achei que ser designer teria tudo a ver comigo. Mas não foi bem assim, galera!** Saca só a minha história...

Depois de ter entrado para a faculdade, eu estava jogando muito *Clash of Clans.* **Na época, já estava querendo criar um canal no YouTube, mas ainda não sabia qual assunto deveria abordar...** Então, surgiu a ideia de criar um canal sobre o jogo. E foi aí que tudo "meio" que começou.

Você deve estar se perguntando: "por que 'meio' que começou"? **Porque era muito difícil tocar os estudos junto com o YouTube.** Mano, eu estava extremamente frustrado tendo que fazer as paradas da faculdade, elas tomavam o meu dia todo e eu só queria fazer meu canal rolar. **Então, não conseguia me dedicar aos vídeos como gostaria.**

COLOCANDO O SONHO EM PRÁTICA

Depois de dois ou três meses de canal — não lembro direito... hahaha —, eu já postava vídeo todos os dias. E fazia tudo sozinho, não tinha ajuda de ninguém: desde criar até editar. **Quando deu um ano de Gelli Clash, o canal tinha cerca de 160 mil inscritos – detalhe: ainda estava levando a faculdade nas coxas – e minha rotina estava insana demais.** Comecei a colocar na cabeça da minha mãe que não dava mais para tocar a faculdade com o canal, mas ela ainda não me permitia trancar o curso.

Minha mãe não tinha noção de que o canal iria me tirar um tempo do caramba!

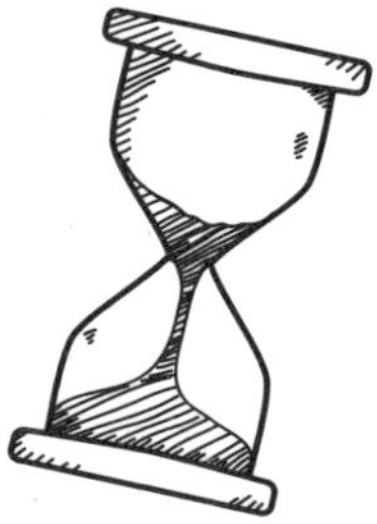

Opa, peraí, velho! Já falei que estava com 160 mil inscritos no canal depois de um ano, mas nem contei como esse bagulho todo começou. **Vamos voltar para 2014...**

Na época, eu não tinha muita noção se o canal iria virar ou não (até porque, eu estava cursando Design e não conseguia me dedicar totalmente ao canal, lembra?), mas depois de um mês no YouTube, o *Gelli Clash* já tinha 500 seguidores. Talvez você possa achar que é pouco, mas eu estava extremamente feliz e cada dia mais animado em gravar, isso sem contar a galera que estava assistindo aos vídeos e comentando.

O canal cresceu demais! **O tempo foi passando e, com seis meses, atingi a marca de 50 mil inscritos!** Mano, que bagulho louco!!! Mas o boom do meu canal aconteceu mesmo a partir de 2016, quando foi lançado o *Clash Royale*. Foi com esse game que eu explodi, na real. Todos os vídeos mais vistos no Brasil eram meus. Eu era o maior canal de *Clash Royale* na época.

No final desse mesmo ano, consegui chegar em 1 milhão de inscritos!!! Pouco tempo depois, já postava vídeos todos os dias! **Eu estava muito empolgado, muito animado mesmo!**

> NO COMEÇO DE 2018, O CLASH ROYALE JÁ ESTAVA MEIO CAÍDO. AÍ, COMECEI A JOGAR FREE FIRE COM O PLAYHARD, UM GRANDE AMIGO MEU. E QUER SABER? ESSE GAME AJUDOU A RENDER 5 MILHÕES DE INSCRITOS PARA O CANAL!

MINHA VIDA DEPOIS DISSO TUDO

Me lembro que, no começo do Gelli Clash, eu não seguia uma rotina de gravação. Nem minha vida tinha uma rotina muito certa, velho! Estava dividindo meu tempo e a minha dedicação entre o canal e a faculdade e, na boa, aquele curso estava me deixando pra baixo demais.

Quando tomei coragem (e percebi que o YouTube começava a me dar um dinheirinho), preparei o coração da minha mãe para trancar a faculdade. Meu pai já estava acostumado com essa ideia há algum tempo, pois sempre conversávamos sobre isso, mas convencer a minha mãe ia ser bem mais difícil, porque ela achava que o Design era meu futuro e que eu precisava ter um diploma. Então, quando estava com 300 mil inscritos, falei com ela e prometi que, um ano depois, eu voltaria a estudar, pois meu canal já teria crescido um pouco mais, então, conseguiria me dedicar à faculdade.

O valor que eu ganhava nessa época só dava para pagar minha própria alimentação!

FORA DA FACULDADE

Aquele um ano se passou e eu cheguei a 1 milhão de inscritos e passei a ganhar muito mais do que minha mãe esperava. Eu estava feliz por fazer algo que sempre fui apaixonado, criar conteúdo, desenhar... Então, falei que não dava para parar o canal e ela me apoiou. **Minha mãe disse que eu não poderia perder aquela chance e que entendia melhor o meu universo (te amo, mãe!).** Depois disso, muita coisa mudou e, finalmente, eu estava liberado da faculdade.

Enquanto isso, minha vida de gravação estava bem confusa. No começo, com uns dois meses de canal, não tinha uma rotina certa para seguir. Eu simplesmente gravava os vídeos quando dava. Fui criando uma rotina mais certinha conforme o canal foi crescendo! E como cresceu!!!

Até agora, não consegui voltar a estudar, mas é algo que ainda está nos meus planos.

MINHA ROTINA É BASICAMENTE ASSIM:

- *Acordo perto das onze ou meio-dia, mas não se engane, tenho dormido bem pouco...*

- *Como alguma coisa e já começo a gravar. Tem vezes que pulo o café da manhã e vou almoçar direto.*

- *Gravo um ou dois vídeos e mando para o editor (parei de editar meus vídeos depois de três anos de canal).*

- *Vou malhar (tenho que cuidar da saúde, né?) e gravo mais um ou dois vídeos.*

- *Depois, abro minha live no Facebook e fico de três a quatro horas lá com a galera.*

- *Gravo mais vídeos, resolvo problemas, trabalho com o meu brother PlayHard em alguns projetos, converso com meu agente, respondo e-mail, tento ter vida social... (Ufa!)*

- *Quando dá cinco ou seis horas da manhã, vou dormir.*

POR DENTRO DO MEU PROCESSO DE CRIAÇÃO

No passado, quando eu não tinha muitos seguidores no canal, costumava criar alguns temas e gravar os vídeos em cima disso. Hoje, o processo de criação não tem muitas regras: vou jogando e posto sobre o que acontece de legal.

Além disso, preciso estar por dentro do que acontece por aí, então, pesquiso outros canais, vejo quais temas estão rolando bem ou que não estão dando muito certo, comparo com minhas postagens e por aí vai. Costumo pesquisar por horas e horas, então, sempre sei dos assuntos que estão em alta no YouTube.

O tempo de gravação do vídeo depende mais do jogo. Se eu cumpro meu objetivo pra aquele vídeo de Free Fire de primeira, é esse tempo que vai levar. **No geral, demora cerca de vinte minutos para eu jogar, gravar e entregar esse material para**

o editor, mas, às vezes, erro tudo, perco todas as partidas, aí demora de três a quatro horas gravando. Depois disso, leva mais ou menos quatro horas para o vídeo ficar pronto. Vamos dizer que o processo todo demora cinco horas (se eu não vacilar, hahaha).

Ah, sem contar que preciso de mais um tempo para criar a *thumbnail* no Photoshop.

Tenho ajuda de um brother meu que edita o conteúdo do canal. Mando o material para ele e fica pronto em três ou quatro horas. Antes, como eu disse, fazia sozinho. Já cheguei a editar mais de mil e quinhentos vídeos!!!

5 VÍDEOS QUE MAIS GOSTEI DE GRAVAR!

1. AS MELHORES PIADAS DE CLASH ROYALE #2!

Foi uma das séries que mais bombou no meu canal, eu contava piadas do Clash Royale para meu amigo Didi e ele reagia... Era muito engraçado!

Este vídeo teve mais de três milhões e quinhentas mil visualizações, galera! Sucesso total!

2. QUAL É A CARTA? DESENHANDO CLASH ROYALE NO GARTIC!!

Sempre gravava Gartic com o Didi e o Vinícius, meu outro amigo. É um jogo tipo Imagem & Ação, que você desenha e seus amigos têm que acertar o que foi desenhado.

Eu me diverti demais neste vídeo. Foi outro recordista de visualizações: mais de três milhões e setecentas mil visualizações!

3. 100 MIL GEMAS - ABRINDO BAÚS SUPERMÁGICOS NO CLASH ROYALE

Este vídeo foi o que revolucionou a história do meu canal. Depois dele, o Gelli Clash virou o maior canal de Clash Royale do Brasil e nunca mais parou de crescer!

Dois milhões e setecentas mil visualizações e eu comemorei demais! Parece que foi ontem, mas já se passaram três anos desde que gravei este vídeo!

4. DESENHEI O MAGO ELÉTRICO, NOVA CARTA LENDÁRIA DO CLASH ROYALE!

Com mais de um milhão e setecentas mil visualizações, este foi um dos vídeos de desenho de que eu mais me orgulho. Como disse antes, desenhar sempre foi minha área e ver que as pessoas gostaram de algo que fiz com tanto amor, me encheu de alegria.

Este vídeo teve mais de cento e quarenta mil curtidas — postei em 2016 e ele ainda é comentado! Rumo aos dez mil comentários, galera!

5. PINTANDO A PEKKA | PAINTING P.E.K.K.A – CLASH ROYALE/CLASH OF CLANS

Este vídeo foi em comemoração aos 100 mil inscritos do meu canal e foi o mais demorado para gravar: foram mais de nove horas de gravação durante dois meses.

O resultado desse trabalho foi um quadro de mais de um metro e meio que uso até hoje como decoração no meu quarto!

AGORA É A SUA VEZ!

Quais são os cinco vídeos que você mais curtiu no meu canal? Estou muito curioso para saber! Tire uma foto e poste nas redes com a hashtag #livrodogelli

1. ....

....

2. ....

....

3. ....

....

4. ....

....

5. ....

....

5 GAMES QUE MAIS MARCARAM MINHA TRAJETÓRIA PELO YOUTUBE

1. CLASH OF CLANS

É um jogo de estratégia disponível gratuitamente para iOS e Android desde 2013. Já teve mais de quinhentos milhões de downloads só no Google Play e foi ele quem me fez começar a fazer vídeos. Nele, você constrói sua vila e a evolui, funda ou participa de clãs e batalha contra outros jogadores.

2. CLASH ROYALE

Este game foi o que mais me trouxe inscritos no YouTube. Nele, você joga com várias cartas de tropas com os personagens do Clash of Clans, duelando com outros jogadores, ganhando troféus e baús de recompensas. A diversão está em montar o melhor baralho de batalha possível para derrotar seus adversários.

Este jogo já teve mais de cem milhões de downloads pela Google Play e me inspirou a gravar vários vídeos de speed art que estão no meu canal.

3. FREE FIRE

O jogo que tenho produzido mais vídeos hoje em dia e que estou viciado. É um game mobile de aventura e ação que foi lançado para o sistema Android e iOS em 2017. Gosto demais porque tem muitos personagens e armas jogáveis, além de muitas skins temáticas iradas para personalizá-los: de DJ, halloween a Dino Tigre.

Já doei várias skins de presente e foi sensacional! Corra até o meu canal e assista aos vídeos da reação dos meus fãs ao recebê-las!

4. GÊNIO QUIZ

São perguntas e respostas sobre curiosidades de todos os assuntos, um dos mais difíceis que já joguei. Gravei diversos vídeos tentando responder às perguntas sobre Clash Royale e Free Fire que ficaram divertidíssimos!

Um dos meus vídeos favoritos foi quando joguei o Gênio Quiz sobre Clash Royale junto com a minha namorada — e ela acertou mais questões do que eu! Hahaha. Se você não viu, corre lá para assistir!

5. BRAWL STARS

Este jogo da Supercell tem aparecido no meu segundo canal, o Gellones. Está disponível para Android desde 2018 e é dos mesmos criadores de Clash of Clans e Clash Royale. É interessante pois você pode jogar sozinho ou formando times (modo cooperativo), além de permitir a criação e a exploração de mapas de outros jogadores.

Brawl Stars tem partidas rápidas de até três minutos de duração — é muita adrenalina! Adoro juntar troféus, galera!

AGORA É A SUA VEZ!

Quais os jogos que mais marcaram a sua vida e por quê? Conte tudo e não se esqueça de tirar uma foto e postar nas redes com a hashtag #livrodogelli.

1. ....

....

2. ....

....

3. ....

....

4. ....

....

5. ....

....

....

03

NASCE O SEGUNDO CANAL

NA PONTA DO LÁPIS

O *Gellones* surgiu da minha paixão por desenho e da minha vontade em postar outro tipo de conteúdo. **Queria diversificar, tipo um vlog para falar sobre mim mesmo, além de variar os jogos, comentar sobre assuntos aleatórios e mostrar a importância do desenho em minha vida.**

Criei o *Gellones* em outubro de 2015. Nessa época, eu tinha uns 100 mil seguidores no *Gelli Clash*, que foi criado em 2014 e pensei: "Mano, estou muito famoso, preciso de outro canal!". Para tentar fazer esse novo projeto crescer, contei com a ajuda de um grande amigo, o *PlayHard*. Eu divulgava esse conteúdo na página dele do Facebook, porque lá já tinha um público bem legal. Eu botava a foto do meu desenho, o link embaixo e dava gente pra caramba assistindo. E a coisa foi crescendo. No fim, o *Gellones* deu tão certo que ele é muito mais visto do que pensei que pudesse ser.

Hoje, no Gellones, tenho 1,5 milhão de inscritos!

Quando fiz esse segundo canal, já no primeiro dia, ganhei 7 mil inscritos. **Acho que minha forma de trabalhar com os desenhos foi um diferencial naquela época, porque eu fazia *speed art* e, até então, ninguém fazia isso.** Calma, vou falar e explicar sobre isso daqui a pouco!

Para qualquer profissão ou sonho que você tiver, é preciso dedicação para ganhar experiência. E como se conquista isso? Praticando... Siga sempre persistindo com sabedoria!

Eu sou muito estético, visual mesmo, sabe? Tudo o que faço, quero que fique bonito; não sou perfeccionista, mas me importo demais com a estética de uma coisa. **Muito vídeo já deixou de ir ao ar por eu não achar que ficou bonito.**

Hoje em dia, eu quem faço todas as imagens do meu canal, até as miniaturas de vídeo. **De mais de dois mil vídeos que tenho no ar, apenas sete deles não foram feitos por mim.** Prezo muito por essa estética porque sei que é uma coisa muito importante. Quero que seja perfeito.

Tem imagem que demoro duas horas para fazer, assim como tem imagens que faço em quinze minutos. Dou o melhor em todas elas, porque quero que fique bonito, com um visual agradável. Sinto orgulho em dizer que são feitas por mim.

Meus fãs merecem o melhor que posso dar. Por isso, sempre que estou gravando ou estou em um evento, eu dou o meu 100%, mesmo que não esteja tão bem!

“

POR MEIO DO
DESENHO,
EU CONSIGO
MOSTRAR A
MANEIRA
COMO ENXERGO
O MUNDO!

”

COMO APRENDI A DESENHAR

Esta história é um pouco engraçada, porque é como se o desenho tivesse nascido comigo. Até os meus quatorze anos, eu desenhava todos os dias, praticamente o dia todo. Quem estava ou chegava em casa, me via desenhando.

Tenho centenas de desenhos em casa. Aprendi a fazer tudo sozinho, na real. Só entrei no curso de desenho muito tempo depois.

Na verdade, fiz um curso de desenho quando eu tinha nove ou dez anos, mas não gostei e saí. Com treze anos, fui para outro curso e gostei mais. Nesse, eu aprendi muito, comecei a desenhar pessoas e a trabalhar com traços realistas. Não sei se vocês sabiam, mas sou um copista, não gosto de criar um desenho do nada; gosto mais de copiar e reinventar os que já existem.

Posso falar que meu lado artístico veio da família do meu pai. Meu avô e meu bisavô sempre estiveram cercados com desenhos, e meu pai pinta quadros. Minha vida sempre teve muita arte envolvida. Na aula de educação artística, eu fazia o desenho para todos na sala, de todos os meus amigos. Eu sempre tirava dez. Era muito fácil, nem me esforçava. Eu topava essas coisas porque meus amigos não queriam desenhar e não sabiam. E sempre foi assim!

O Gellones é tipo uma caixa de brinquedos: você pode encontrar de tudo lá dentro!

MEUS PRIMEIROS DESENHOS

E, já que os desenhos são uma das minhas maiores paixões, queria mostrar para vocês a importância que eles têm na minha vida. Saca só como eles eram quando comecei a desenhar!

INSPIRAÇÃO QUE VEIO DOS JOGOS

Olha só, esta é uma das minhas primeiras obras de arte! Hahaha. Fui influenciado por um dos meus jogos favoritos. Conseguem adivinhar qual?

Acertou quem pensou no New Super Mario Bros!

O MUNDO ANIMAL

Desenhar animais é muito legal! Olha só o meu jacaré superfeliz, tomando sol junto com seus amigos peixes, na beira do rio!

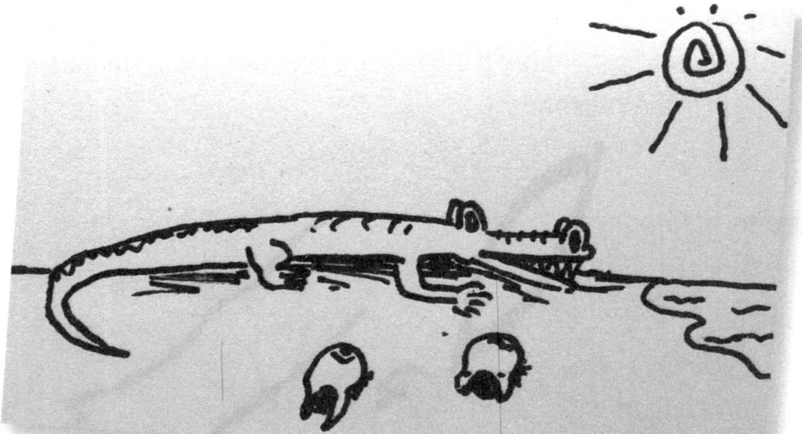

E o meu amigo rato, que se assustou com os dentes afiados do jacaré, hahaha!

PAIXÃO DE MENINO

Carro e navio não podiam faltar, né? Desde pequeno, eu já era bem atento aos detalhes. Coloquei até a placa com meu nome no barco e fiz as ranhuras nos pneus do meu simpático Fusca!

IMAGINAÇÃO A MIL

Já chegou o disco voador...

... e, talvez com ele, esse carcachiz alienígena feroz!

CURIOSIDADE!

Você sabe o que é carcachiz? Na verdade, essa é uma palavra de origem espanhola. É um tipo de caixa de metal usada para carregar flechas e outras armas. Maneiro, né?

CRIAÇÕES SEM FIM!

Como deu para perceber, minha imaginação não tinha limites — e minhas criações, também não! Saca só outras maluquices que eu desenhava!

CAROLINE

Prestou atenção nos nomes?
Demais, né? Hahaha...

FAZENDO UM VÍDEO SPEED ART

Eu não prometi que falaria mais sobre isso, galera? Anote tudo aí... Para quem não conhece o termo, deixa eu explicar melhor: *speed art* nada mais é do que execução de um trabalho de forma acelerada. **Traduzindo ao pé da letra, significa arte acelerada.**

Com o avanço da tecnologia, foram criados muitos recursos e programas para ajudar quem gosta de criar esse tipo de conteúdo. **A moçadinha que desenha, por exemplo, adorou esse novo estilo de postagem, pois eles conseguem divulgar seus trabalhos nas redes sociais e atrair muitos seguidores.** Eu mesmo usei essa ferramenta no meu canal *Gellones*, sem saber o sucesso que seria. **Foi graças ao *speed art* que ganhei muitos seguidores. Naquela época, só eu fazia esse tipo de conteúdo!**

PARA FAZER MEUS VÍDEOS, COSTUMO USAR O *SONY VEGAS*, MAS MEUS EDITORES USAM O *PREMIER PRO*, DA ADOBE. TEM TAMBÉM UNS PROGRAMAS QUE AJUDAM A DESENVOLVER UM BOM DESENHO, TIPO *MINECRAFT SKIN VIEWER*, *PHOTOSHOP* E *PAINT TOOL SAI*.

DICAS PARA MANDAR BEM NO SPEED ART

Olha só como é tranquilo fazer esse tipo de trabalho:

• Antes de qualquer coisa, você precisa saber o que vai desenhar. Sempre comece desenhando um esboço com lápis para depois passar para o computador.

• Para fazer seu desenho, é legal ter uma mesa digitalizadora, que nada mais é do que um tablet com uma caneta.

• Uma dica importante: pegue leve com seu computador! Tem máquina que não suporta muito tempo de gravação sem travar, por isso, vá gravando em pausas

e depois junte tudo na hora da edição.

- Na hora de configurar seus programas, deixe a captura de imagem por toda a tela do seu monitor. Isso é maneiro porque ajuda a melhorar a visualização do desenvolvimento do seu desenho quando o vídeo estiver pronto.

- Depois de desenhar tudo (esboço, detalhes da imagem, acabamento e arte final), chegou a hora da edição. É bom você estar preparado, porque essa hora dá ainda mais trabalho! Mas é muito maneiro.

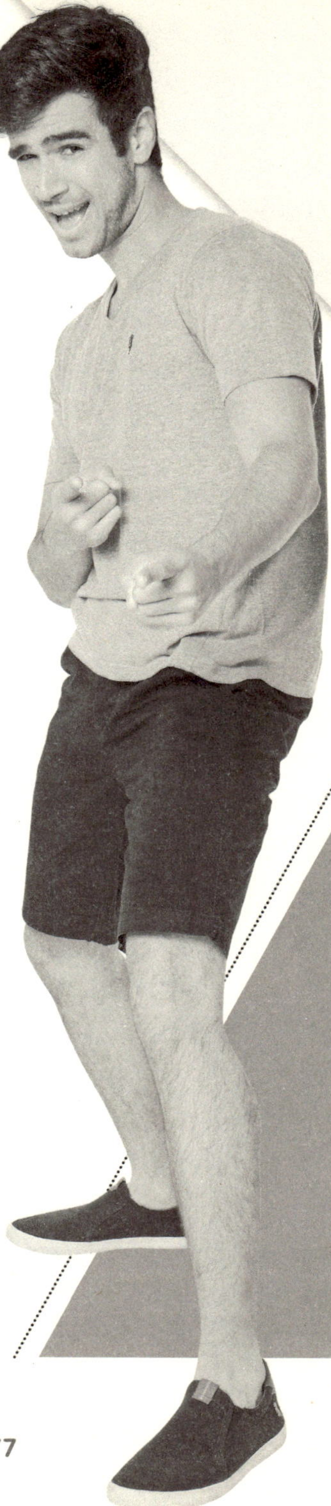

• O toque especial fica por conta do som. Escolha uma música que fique encaixada perfeitamente com seu desenho. A música escolhida precisa ser fiel ao desenho que você está fazendo, pois isso vai valorizar seu trampo.

• Feita edição, seu speed art está pronto!

5 COISAS QUE VOCÊ PRECISA SABER PARA APRENDER A DESENHAR

1. NÃO É SÓ OLHAR E COPIAR

Pode parecer bobo, mas para quem quer aprender a copiar algo que está olhando, tem que, primeiro de tudo, esquecer o que se está querendo desenhar. Como assim? Por exemplo, se quiser desenhar um carro, esqueça a imagem formada que você tem: "para desenhar um carro é só desenhar um retângulo e dois círculos." Para realmente desenhar o carro que está vendo, é preciso olhar parte por parte. Fazendo isso com cada coisa que pretende desenhar, suas habilidades vão evoluir completamente.

2. NUNCA DESISTA!

Meu irmão, na boa, não existe nada como a prática! Se você quer realmente aprender a desenhar, tem que insistir. Eu desenhava dez horas por dia quando era mais novo, e foi assim que evoluí, mas, é claro: tenho ainda muito para evoluir e você também.

3. ADMIRAÇÃO É TUDO!

Busque pessoas que te inspirem! Desenhistas famosos podem ajudar você a criar seu próprio estilo. A internet está aí para isso: pesquisar é uma das formas para evoluir mais rápido.

4. ESTUDE!

Parece óbvio, mas nem todo mundo tem esse hábito! Procure vídeos de aulas grátis no YouTube, veja como as pessoas desenham, quais lápis, canetas e pinceis elas usam. Existe, hoje em dia, um milhão de técnicas que vão te ajudar a aprender e, se você tiver condições de entrar em um curso de desenho presencial que alguém tenha recomendado, também vai auxiliar muito. Podemos aprender muito com o desenho dos outros.

5. NÃO SE PREOCUPE COM O MATERIAL

No primeiro momento, ter um bom material não é necessário. Já vi pessoas fazendo obras de arte incríveis só com uma caneta esferográfica bem simples. Ter bons lápis e boas canetas ajudará muito na eficiência com que você cria suas artes, mas isso vai vir aos poucos. E, é claro, não se esqueça do papel: os bons papéis trazem resultados inigualáveis, mas nada disso precisa ser caro; é só você pesquisar que dá para encontrar tudo bem barato.

BORA APRENDER TAMBÉM?

Para começar, você precisa saber que a arte de desenhar é, essencialmente, treino, prática, persistência e dedicação (talento ajuda, mas não é o que define, beleza?!). Então, se liga no passo a passo que eu fiz para você. Com ele, já dá para ter uma boa ideia de como começar! Partiu?

PASSO 1 - ESCOLHA DO PAPEL

Bom, para treinar, qualquer tipo de papel é válido. Vale até as folhas deste livro! **Uma opção barata e superfácil de achar em qualquer loja é o offset 75g, formato A4.** Mas para as ilustrações mais profissionais, gramaturas maiores — ou seja, os papéis mais grossos — são mais indicadas (180g-300g), dependendo da técnica, o tipo de papel também varia.

Só para você ter uma ideia: os lápis de cor não têm tanto problema, mas os marcadores (canetinhas) "vazam" em folhas muito finas, ou seja, atravessam o papel. Tintas como guache e aquarela também precisam de papéis especiais, por conta da umidade própria que elas possuem. As texturas diferenciadas, da mesma forma, fazem uma grande diferença no resultado final (ajudando ou dificultando a sua arte!). Sacou?

Ah! E quanto à qualidade do papel, ela também varia de marca para marca (infelizmente, é por teste e preferência de cada um. Você precisa escolher aquele que mais curtir depois de tentar algumas vezes). O tamanho também é por sua preferência ou necessidade.

Na dúvida, pergunte na papelaria sobre os papéis mais indicados para o seu tipo de desenho, fechou?

PASSO 2 - EM BUSCA DO MATERIAL BÁSICO

Agora que você já sabe tudo sobre o papel, chegou a hora de escolher os materiais que poderá usar para começar os rabiscos. Então, para fazer o esboço, é legal usar lápis ou lapiseira de grafite macio e uma borracha (também macia!). Se você escolher usar um lápis (HB ou outros da série H) e borracha duros, pode acabar apertando tanto o lápis quanto a borracha no papel — e isso pode deixá-lo manchado e amassado!!! Mas o contrário também pode prejudicar o desenho: usar um lápis muito macio (6B) pode acabar deixando manchas fortes de grafite na folha e borrar o esboço. O grafite 2B é uma boa opção para você que está começando.

PASSO 3 - PARTIU COLOCAR A MÃO NA MASSA?

Para praticar, escolha uma **referência** que tenha boa qualidade de resolução (que lhe permita enxergar detalhes do desenho que deseja copiar), caso contrário, você precisará "imaginar" as partes que não estão muito legais, e isso pode te deixar desestimulado.

• Arrume um suporte firme para apoiar o papel — pode ser uma mesa ou uma prancheta lisa. Se o suporte tiver textura, como uma mesa de madeira, por exemplo, na hora de ilustrar, isso interferirá no processo e o desenho não vai ficar maneiro.

• Se necessário, use instrumentos auxiliares e faça linhas guias na referência e no papel onde irá desenhar. Em alguns dos meus vídeos, costumo usar régua, e isso facilita bastante. Entre lá no canal para ver certinho.

• Se achar confortável, prenda o papel ao suporte com alguns pedaços de fita autoadesiva nas bordas para que ele fique estabilizado. Mas atenção! Tome muito cuidado para a cola dela não estragar o papel. Tem gente que prefere virar a folha conforme desenha; nesse caso, é melhor deixá-la solta, tá? Só que isso é da preferência de cada um, valeu?

PASSO 4 - CHEGOU A HORA DE COMEÇAR A VER OS RESULTADOS

Como eu quero te ajudar a mandar bem, escolhi um personagem que gosto muito, o Pinóquio. Se liga em como desenhar esse garotinho superdivertido! **O jeito correto é, primeiro, fazer as formas gerais e sem detalhes.** Tipo assim: um círculo para a cabeça, riscos para braços, pernas, tronco... Essas formas gerais permitem a visualização das proporções.

• Feitas essas formas, começam os detalhes e o refinamento do esboço. Em todo o processo, não se deve apertar o lápis no papel (para não marcá-lo). **Faça quantos detalhes achar possível, pois eles servirão de orientação para o acabamento!**

A parte do esboço é uma das mais importantes na hora de desenhar: ela vai determinar o resultado final, porque, se você errar as formas agora, não há técnica de acabamento que resolva! Então, não adianta correr e fazer de qualquer jeito: capriche!

PASSO 5 - ACABAMENTO PERFEITO

Vele o esboço, isto é, passe a borracha suavemente, por cima, clareando-o o suficiente para continuar enxergando as linhas principais. **É nessa etapa que, se você fez linhas guias, deve apagá-las.** Faça esse processo com calma e cuidado!

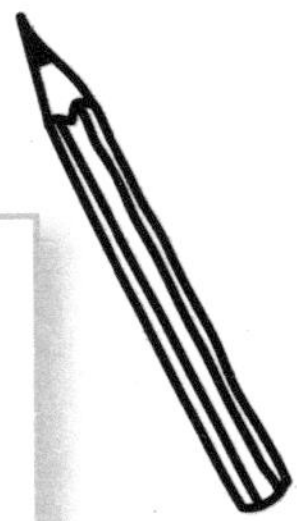

• Faça os contornos e as sombras mais escuras gerais. Eu, por exemplo, uso caneta nankin descartável nessa etapa. Dependendo da referência, as sombras podem ser pintadas "chapadas" com a caneta nankin ou até feitas por meio de hachuras (vários traços paralelos juntinhos).

· **Procure escolher as cores dos lápis que vai usar (teste em um papel sobressalente).** No início, vale a pena anotar nesse papel qual cor escolheu para cada parte, ou, até mesmo, testar uma mistura de cores e anotar quais foram usadas para algum efeito ou detalhe. Parece óbvio, mas muita gente sai pintando direto e na hora pensa: "Aff, era melhor ter usado o verde mais escuro. Agora, já foi!". O ruim é que isso pode rolar no desenho inteiro e, no final, sai com as cores todas erradas.

· **Coloque um papel sob a mão quando for pintar:** isso evita que o suor interfira, além de diminuir consideravelmente os borrões e as manchas na folha.

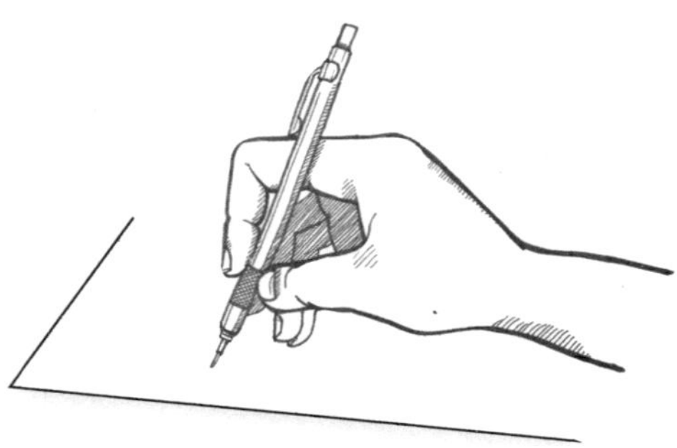

· **Comece a pintar das partes escuras para as mais claras, ou seja, pelas áreas de sombra e depois pelas áreas de luz.** A maioria dos lápis de cor é a base de cera – isso faz o papel saturar, aí, a cor escura não "pega" mais (não dá mais para escurecer o desenho) – o que prejudica todo o contraste final. Se você tiver um pouco mais de prática, o processo inverso pode ser aplicado (mas com cuidado para não saturar o papel). **Pintar com uma cor clara sobre uma cor escura ajuda a disfarçar pequenos defeitos e homogeniza o acabamento.**

• Vá pintando parte por parte. Exemplo: primeiro, o cabelo, depois, o chapéu, o rosto etc. Mais uma dica maneira que eu posso te dar é: comece da esquerda para a direita (se for destro) ou contrário (se for canhoto). Isso evita que sua mão fique passando em cima de áreas onde já foi feito o acabamento, o que pode borrar o desenho. Depois, pressione o lápis com força para cores mais fortes — mas não precisa ser tão forte a ponto de doer a mão, ok? Senão, além da dor, você vai destruir o lápis e acabar com a textura do papel — e com menos força para mais claras.

• Para ficar manjado nessa técnica, vá fazendo a pintura por "acúmulo de camadas" — quanto mais delas, mais forte a cor. **Pinte em diversos sentidos (vertical, horizontal, inclinado, movimento circular...)! Se pintar tudo no mesmo sentido, o desenho fica "listrado" e o resultado não ficará muito bom.**

· Prossiga dessa forma com todos os elementos do desenho, pintando cada parte com atenção.

· Separar as cores por elemento que está pintando também ajuda bastante. Quando desenho, deixo todos os lápis que estou usando separados dos demais enquanto pinto.

• Outra dica importante: durante o processo, mantenha a referência por perto e vá comparando o resultado.

Isso é importante para que você não perca o contexto geral do desenho e ainda possa corrigir eventuais falhas do esboço.

E preste bastante atenção aos detalhes, pois eles fazem toda diferença no resultado final!

· **O rosto exige um pouco mais de cuidado, pois é o que mais chama a atenção!** Todo mundo sempre olha primeiro e acaba lembrando do seu desenho justamente por ele. Então, capriche bastante, galera!

· Aqui, recomendo muito separar os lápis usados — pois você precisará deles em outras partes do desenho, como as pernas e as mãos.

• Pronto! Perceba que mesmo sem ter feito o corpo ainda, o desenho já ganhou carisma e personalidade. Não é a toa que tanta gente se especializa justamente em fazer só retratos.

• Na sequência, a gravata-borboleta está pintada — como eu disse, é um pequeno detalhe, mas que fez diferença no contexto, né?

• Depois da gravata, passe pelos suspensórios (é assim mesmo, elemento por elemento)!

• A camiseta...

• A bermuda...

· Os braços, as mãos, os parafusos...

· As pernas e mais parafusos...

· Atenção: nesses elementos, tente deixar a sua pintura sempre no mesmo padrão de cores e sentido de pintura do rosto. Exemplo: se usou movimento circular para pintá-lo, use o mesmo sentido nas pernas e nos braços. As cores também devem ser as mesmas entre eles. Caso contrário, fica muito artificial e o desenho fica estranho.

NÃO DÁ PARA APAGAR LÁPIS DE COR (SEMPRE FICA UMA MARCA!), ENTÃO, CUIDADO NAS ÁREAS DE BRILHO (MAIS CLARAS), POIS, SE ESCURECER DEMAIS, PERDE O CONTRASTE. LEMBRE-SE QUE ALGUNS BRILHOS SÃO ESSENCIAIS, COMO O DOS OLHOS. POR EXEMPLO, SE VOCÊ ERRA E PREENCHE DE PRETO O BRILHO DO OLHO, TEM QUE ENTRAR COM OUTRO MATERIAL PARA TENTAR CORRIGIR, CASO CONTRÁRIO, O DESENHO FICA COM OLHOS DE 'PEIXE MORTO'.

• Os sapatos... Olha as hachuras na sola, hahaha!

• E, finalmente, na próxima página... Tcham-tcham-tcham!

· Aêeeee, olha só que legal:
o nosso Pinóquio ficou pronto!!!

AGORA É A SUA VEZ!

Pratique aqui, desenhando esse mesmo Pinóquio que fiz! Depois, tire uma foto e compartilhe nas redes com a hashtag #livrodogelli.

04

MANDANDO BEM NA INTERNET

SEGREDOS DE UM CARA DE SUCESSO

Você tem o sonho de ser um *youtuber* de sucesso? Então, é preciso decidir por que você quer trabalhar com internet (tem alguma mensagem legal que você queira passar para seu público? Do que você mais gosta de falar?) e como você vai fazer isso (ou seja, bolar uma estratégia bacana).

Decida o que você quer fazer e por que você quer passar essa mensagem ao seu público, beleza?

Hoje, minha equipe é formada por mim, minha contadora, meu agente — que me ajuda a lidar com meus negócios — e algumas pessoas que editam meus vídeos. Mas eu ainda resolvo bastante coisa! Por exemplo, faço as *thumbnails*, ou apenas miniaturas dos vídeos — como contei no início, comecei a estudar Design —, gravo todos os vídeos e, se precisar editar, faço isso também.

Por isso, é importante que quem deseja começar a trabalhar com isso, ou seja, realmente ganhar dinheiro com o YouTube, aprenda a mexer nas ferramentas necessárias (como um editor de vídeo).

O acesso às tecnologias é bem simples. Tem vários *softwares* e aplicativos fáceis de serem utilizados e que ajudam bastante quem está começando! **Mas, para ter sucesso na internet, o mais importante, sem dúvida alguma, é se dedicar muito!** Além do mais, é preciso saber que, o que você faz, não pode ser alguma coisa que todo mundo já fez.

Ficou confuso? Vou explicar melhor: se, por acaso, você estiver a fim de se dedicar a alguma coisa que outras pessoas já pensaram antes, tem que ter um diferencial, algo que nunca nenhuma pessoa tenha colocado em prática ainda.

INOVAÇÃO é a palavra que me vem à cabeça quando penso em ter destaque, evolução e, claro, sucesso nas redes. Você tem que pensar em algo que a galera ainda não viu antes...

É difícil, né? Eu sei que é! Mas esse é o real motivo de apenas um grupo bem selecionado de pessoas fazer sucesso de verdade com seu trabalho na internet.

> “É PRECISO ACREDITAR E CONFIAR NO SEU CONTEÚDO. VOCÊ CONSUMIRIA O QUE ESTÁ EXIBINDO?”

DÊ O SEU MELHOR!

É o seguinte: se você parar para pensar que o mundo tem sete bilhões de pessoas e que, destas, só oito mil têm mais de 1 milhão de inscritos no YouTube, realmente, são poucas pessoas fazendo sucesso na internet, né? **Então, perseverança, dedicação, inteligência e estratégia são as palavras-chave para alcançar os seus objetivos, galera!** Pense em como você poderia conseguir mais acessos, atingir muita gente, conquistar engajamento... Tudo isso de uma maneira inteligente e eficiente, né?

Uma sugestão é pensar como você pode impressionar as pessoas e atraí-las para acompanhar os seus vídeos. **Pergunte-se: "O que eu posso oferecer de diferente das outras pessoas?". Dê o seu melhor sempre.** Se acha que está ficando ruim, tente melhorar ao máximo, pesquise muito (demais, mesmo!), porque isso vai fazer com que o seu trabalho tenha maior embasamento e qualidade.

Eu me lembro bem de quando decidi fazer o canal e seguir esse caminho profissionalmente: passava horas e horas pesquisando!

"FAÇA UM TRABALHO BONITO E COM QUALIDADE. PESQUISE A MELHOR MANEIRA DE DEIXÁ-LO ATRATIVO E UTILIZE AS FERRAMENTAS NECESSÁRIAS PARA TORNÁ-LO ÚNICO – E COM A SUA PERSONALIDADE!"

PASSO A PASSO DO GELLI PARA O SUCESSO NAS REDES

1 - NUNCA DESISTA!

Às vezes, um vídeo vai muito bem e outro, muito mal. E isso é supernormal, beleza? Só com o tempo as coisas vão melhorando.

2- SEJA ORIGINAL!

Fazer algo que ninguém pensou ainda parece difícil (e é mesmo). Mas é aquilo, né? Por que alguém deixaria de ver um youtuber que já é grande, com muitos inscritos, para assistir ao seu conteúdo? É esta pergunta que me faço todos os dias. Então, não pense que ficou mais fácil para mim, pois não ficou.

É difícil manter o público sempre feliz e acompanhando aos vídeos do canal.

3- CRIE RELACIONAMENTOS

Faça amizade no YouTube! Quando comecei na plataforma, fiz alguns amigos que até hoje levo para minha vida. Alguns viraram confidentes, pessoas que eu amo demais... Fazer bons amigos para gravar collabs também é uma boa maneira de compartilhar o público e os dois crescerem. Fiz muito isso com o PlayHard.

4- PESQUISE (MUITO!)

Sempre pesquiso os assuntos que estão em alta nos temas de vídeos que vou trazer para os meus canais. Isso faz com que eu, normalmente, acerte nas coisas que o público quer ver. Lógico que o conteúdo é sempre relacionado com os jogos que trago nos vídeos.

5- QUE TAL APOSTAR EM UM CURSO?

Aprender Photoshop ou algum programa de edição de imagem, sem brincadeira, foi uma das melhores coisas que fiz pela minha profissão. Antes mesmo de eu ser youtuber, já tinha bastante conhecimento. Isso fez com que tivesse uma evolução muito grande nas minhas thumbnails.

Dá para aprender muita coisa com tutoriais na internet: editar vídeos, imagens... Aprender a mexer nas ferramentas necessárias faz toda a diferença no seu conteúdo e no alcance do seu canal.

6 - APRENDA A FAZER DE TUDO UM POUCO!

Para ser youtuber, você tem que saber criar todos os aspectos do seu vídeo, desde um título bom até desenvolver uma boa fala para conquistar seu público. Então, não basta somente editar fotos, é preciso saber de tudo um pouco. Vai por mim.

Acredite no seu potencial. Você é o seu maior incentivador!

ANTIGO

ATUAL

7- PRATICAR É TUDO!

Suas primeiras postagens talvez não fiquem tão boas. Mas, depois de uns cinquenta vídeos, você acaba pegando o jeito. Isso, é claro, se você se esforçar para melhorar. Volte no meu canal, lá nos primeiros vídeos, para ver como eram diferentes, hahaha.

8- NUNCA SE META EM BRIGAS!

No YouTube, a regra é esta: ter amigos, sim; inimigos, nunca. A pior coisa da internet é ter pessoas te atacando e, normalmente, elas nunca sabem o que realmente aconteceu. Então, o melhor é deixar pra lá, esquecer e continuar fazendo seu trabalho. Velho, nesse mundo, aprendi que muitos vão querer te derrubar, e poucos vão realmente estender a mão para te ajudar.

9- INVISTA EM BONS EQUIPAMENTOS!

Isso ajuda demais um youtuber, mas nem sempre é necessário gastar muito dinheiro, tá? Eu gastei menos de cem reais para começar meu canal! Só usei aquilo que eu já tinha, ou seja, meu **celular** e um **microfone do fone de ouvido**. Assim, eu conseguia gravar e, depois, editar no meu computador!

> MONTE UMA ESTRATÉGIA INTELIGENTE E EFICIENTE PARA FAZER O SEU CANAL BOMBAR!

VOCÊ SABIA?

Thumbnails, na tradução literal, significa "unhas do polegar". No universo da internet, o termo se refere às versões reduzidas das imagens, e a função delas é facilitar o processo de procurar, reconhecer e, até mesmo, se interessar por um conteúdo. É por isso que elas são tão importantes e merecem uma atenção especial no seu canal. Dedique-se para deixar as suas bem maneiras, elas serão a sua identidade.

05

DAQUI PARA FRENTE

OLHANDO PARA O FUTURO

Estamos chegando no final do livro, mas não fique triste. Ainda tenho algumas curiosidades para compartilhar sobre a minha história de vida e a minha trajetória profissional, mas, agora, chegou o momento de também dedicar algumas páginas para contar o que espero para os próximos anos! Vamos nessa, galera?

Eu espero continuar no YouTube, sim. **Porém, por outro lado, sei que nada na vida dura para sempre.** Então, se tivesse que escolher uma outra profissão para o resto da minha vida, com certeza, seria algo relacionado à internet.

Amo a internet, de um modo geral. Ela é um mundo de possibilidades, e eu adoro isso. **Com certeza, iria mais para o lado do marketing... Seria bacana demais.** Adoraria ter essa oportunidade no futuro, mesmo que não seja mais um youtuber em tempo integral. E já tenho o conhecimento de como atingir e prender a atenção de muita gente, não é?

Ah! E por falar em futuro e internet, para quem ainda não sabe, tenho feito um novo projeto com o PlayHard (Bruno), chamado Loud (que já conta com mais de dois milhões de inscritos no YouTube!). Embora seja um projeto com mais participação do Bruno, eu tô dentro e tem bastante novidade chegando. Fique de olho, valeu?

É TANTO CARINHO QUE NÃO CABE EM MIM!

Galera, é muito, muito bom mesmo ter um carinho tão grande vindo dos meus seguidores. **Sabia que, em qualquer lugar que eu vá — seja na rua, no shopping, no cinema ou no restaurante —, sempre tem alguém que me reconhece? Isso é tão maneiro!** As pessoas vêm falar comigo, trocar ideia, querem tirar foto... Acredita que já vi até gente chorando por minha causa? É verdade! Só que eu não entendo muito bem o motivo, saca? Mas é bom demais sentir esse carinho. E esse sentimento é completamente recíproco. Na real, mesmo!

“

É INDESCRITÍVEL A EXPERIÊNCIA DE TER UM PÚBLICO GRANDE ASSISTINDO AO QUE EU FAÇO E CURTINDO O CONTEÚDO PELO QUAL ME DEDIQUEI.

”

MANO, É MUITO TENSO MANTER DOIS CANAIS AO MESMO TEMPO! MAS É UMA COISA QUE AMO, POR ISSO, ME DEDICO DEMAIS. E VER O RECONHECIMENTO DA GALERA É FORA DE SÉRIE! ENTÃO, NÃO ME CANSO DE AGRADECER A TODOS PELO INCENTIVO E CARINHO: MUITO OBRIGADO POR ME ACOMPANHAR!

Nos vídeos, não costumo expressar com palavras essa gratidão que sinto, **mas, quando encontro alguém que me admira, que curte o meu canal e o meu trabalho, é demais.** Por isso, por mais que a gente não se conheça, eu sinto como se todos fossem meus amigos. Tenho um carinho muito grande mesmo! Isso é algo positivo demais!

MAS A INTERNET TAMBÉM TEM UM LADO RUIM...

Assim como as situações da vida, nem tudo é totalmente positivo, mano. A internet, definitivamente, tem um lado ruim, que são as pessoas que falam as coisas sem saber — e essas coisas ruins estão sendo lidas por nós, influenciadores.

A internet é aquilo: se você briga com alguém, todo mundo pode saber, pois isso acaba sendo exposto. E a exposição nesse universo é muito grande, mesmo que você não seja uma pessoa pública, uma simples discussão pode cair na rede e viralizar.

Então, se você faz uma besteira e alguém quiser expor ou até mesmo se não fez nada e alguma pessoa quiser espalhar *fake news*, você é prejudicado da mesma maneira.

Por isso, digo e repito: a internet é maravilhosa, mas também é bem perigosa, entende? Você não tem controle sobre o que é real e o que não é. E, geralmente, as pessoas vão acreditar nas mentiras. Elas acreditam muito facilmente em tudo o que aparece na internet, e isso é um baita problemão!

ENFRENTANDO AS CRÍTICAS E APRENDENDO COM ELAS

Hoje em dia, quando o assunto é esse, eu lido bem. Mas, quando comecei, era mais complicado. Algumas pessoas vão para internet e não pensam muito antes de falar, acabam usando palavras muito duras, achando que a pessoa não dá moral, que nem lê o que elas falam ou que não vai se magoar com aquilo. Mas não é bem assim! Nós lemos!

Xingamentos, pessoas falando sobre minha família, me ameaçando... Tudo isso é preciso filtrar e seguir em frente. Preciso ter consciência de que aquela pessoa não sabe nada sobre minha vida, sobre minhas batalhas, né? Mas não pense que é fácil, porque esse pessoal fala as coisas pensando que não vai atingir ninguém. Mas atinge, viu? E como.

É claro que nem todos os comentários chegam ao nosso alcance, pois são muitos. Mas grande parte (eu, pelo menos) gosto de ler. E tenho que filtrar tudo muito bem para não levar para o lado pessoal.

Tento entender que, geralmente, pode ser que esse tipo de comentário tenha sido feito por uma pessoa que não tem noção da gravidade do que disse ou que não pensou antes de falar. Tem gente que nem reflete antes de escrever, mas comenta só para chamar a atenção, acredita? Quando respondo, a pessoa devolve: "Oi, sou muito seu fã, comentei mesmo só para você me notar!". E, tipo, essa é a pior maneira, né? Não precisa ser assim, não.

Outro lado ruim da internet é que, quando você é reconhecido como um digital influencer, muita gente acaba pensando que a vida é fácil e que tudo acontece sem esforço. Mas não é assim. Pode ser que o meu trabalho acabe sendo mais fácil e até mais prazeroso do que muitos por aí, mas nem por isso significa que é molezinha. Então, o desmerecimento existe, sim. Inclusive, os pais de muitos seguidores já vieram falar comigo coisas do tipo: "Vou começar a trabalhar na internet para ganhar todo o dinheiro que você ganha". Pô, não é bem assim!

Uma boa parte das pessoas não tem noção do trabalho que dá produzir conteúdo para a internet! É incansável: não tem final de semana, sua vida social fica meio de lado... Toma muito tempo, tem que ser bem criativo, cumprir o cronograma de vídeos etc., mas, apesar disso tudo, vale a pena!

PALAVRÃO? NA NET, NÃO!

Eu já sofri várias críticas dos meus pais e dos meus seguidores, mas sempre tentei manter uma imagem muito "eu" na internet! **Por exemplo: eu falo palavrão na vida real, mas na internet tenho também um público mais infantil, e não acho bacana falar esse tipo de coisa.** Os pais daquela criança que está me assistindo não vão querer que o filho fale palavrão, então, não vou ser eu quem vai estimular a criança a ficar com a boca suja, né?

Até porque, quando você é youtuber e influenciador, acaba sendo uma inspiração para quem te assiste. **Quando um adulto fala esse tipo de coisa, por exemplo, ele sabe bem o peso que a palavra tem. Mas, quando somos mais novos, pode ser que ainda não saibamos realmente o que certas palavras significam, e que as pessoas que estão ao redor podem se sentir ofendidas ou magoadas. Sacou?**

“TENHO QUE FILTRAR MUITO BEM TODOS OS COMENTÁRIOS QUE LEIO NA INTERNET PARA NÃO LEVAR PARA O LADO PESSOAL. GERALMENTE, AS PESSOAS NÃO PENSAM MUITO ANTES DE FALAR.”

06

VOCÊ SABIA?

UM EXTRA PARA VOCÊ!

Depois de escrever tanta coisa sobre minha vida e minha profissão, tomei coragem e resolvi revelar alguns segredos! **Mano, são coisas que você nem imagina, mas que rolaram comigo e algumas rolam até hoje!** Contei coisas do passado e algumas paradas que ainda faço e que ninguém sabia. Hahaha... **Tá preparado?**

6 CURIOSIDADES SOBRE MINHA VIDA QUE NUNCA CONTEI PARA NINGUÉM

1. Quando eu tinha treze anos, me declarei para uma garota na escola. Ela era de outra sala e nunca nem tínhamos conversado. ***Um belo dia, fui até ela e falei que gostava dela.*** *Sabe o que aconteceu?*
Ela virou as costas e foi embora... Foi ridículo, hahaha.

2. ***Já fiquei mais de cinquenta horas sem dormir*** *para adiantar vídeos antes de uma viagem de férias. Não repita isso em casa, faz mal à saúde. Levei algumas broncas por causa disso.*

3. Durmo coberto quase todos os dias, pois acredito que essa é a única forma de me defender de fantasmas, ou sei lá. **Vai que alguém puxa meu pé durante a noite? Hahaha.**

4. Além disso, toda vez que estou no escuro, indo buscar algo na cozinha, corro e vou apagando as luzes, pois acho que **algum vampiro vai aparecer e me pegar.**

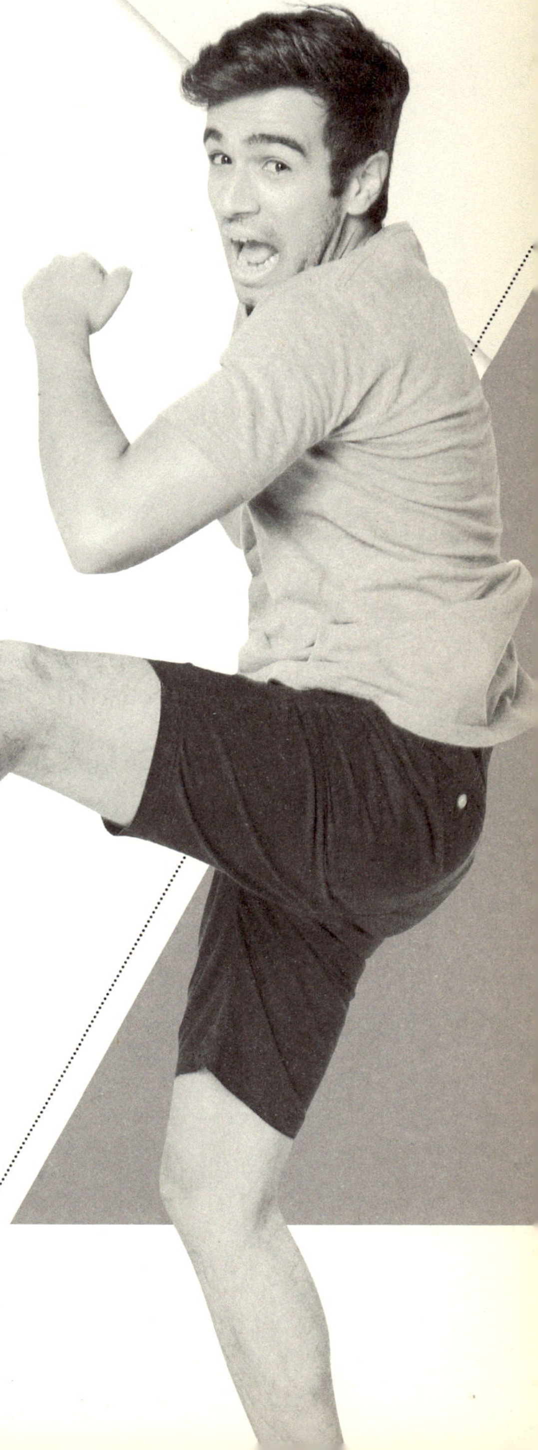

5. **Sou, sem brincadeira, apaixonado por feijão, como todos os dias.** *Tomo sopa de feijão ou como feijoada, tenho até fotos de quando era pequeno me lambuzando inteiro de feijão. Só eu sou maluco por essa comida?*

6. ***Eu já tinha uns treze anos quando vi um touch pela primeira vez!*** *E, hoje em dia, a galera já nasce jogando no celular, vivem conectadas nisso, e acaba acontecendo uma socialização digital. Fazer amigos mesmo! Agora é tudo digital, pela internet, ninguém nem se telefona mais. Tem gente que até se esquece de viver o mundo real...*

Eu já fiz grandes amizades desde que comecei a fazer vídeos na internet. Tem pessoas que quero ao meu lado a vida inteira, que falam comigo sobre tudo: vida pessoal, trabalho... O engraçado é que vi algumas delas, no máximo, duas vezes, sabe? Mas mantemos contato até hoje, por telefone, pela internet ou jogando quase todos os dias... Então, para mim, não tem diferença entre uma amizade virtual e uma pessoal, se posso dizer assim. Não acho que uma seja mais duradoura que a outra. Acredito que são a mesma coisa.

Já quebrei muito a cara com pessoas com quem eu convivia e pensei que fossem meus amigos, assim como já tive amigos virtuais que me magoaram. *Isso mostra que existem o lado ruim e o lado bom nos dois casos. Fica a lição, então: não saia abrindo sua vida para qualquer um, porque hoje em dia existem muitos golpes e pessoas maldosas.*

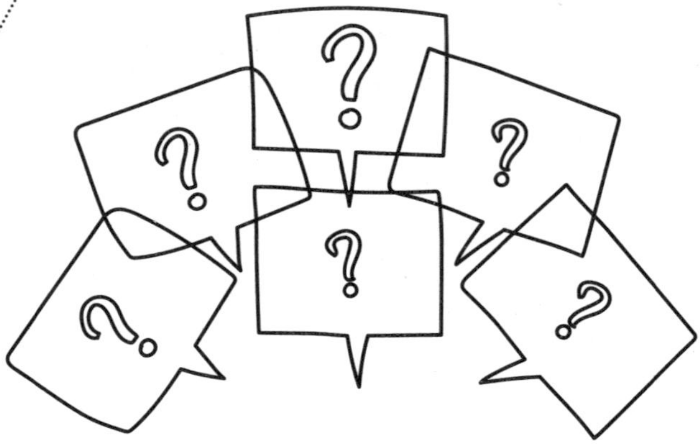

QUIZ DO GELLI

Chegou a hora da verdade: será que você consegue se lembrar de alguns dos fatos mais marcantes da minha vida que foram contados aqui no livro? Essa eu quero ver! Bora descobrir?

1) Em que ano, cidade e estado eu nasci?

a) 1996, em Petrópolis, Rio de Janeiro
b) 1995, em Ribeirão Preto, São Paulo
c) 1994, em Curitiba, Paraná

2) Com qual idade comecei a desenhar?

a) Por volta dos dois anos
b) Por volta dos três anos
c) Por volta dos quatro anos

3) Os desenhos que eu mais gostava de fazer eram:

a) Inspirados em animações japonesas

b) Inspirados nos games que gostava de jogar

c) Inspirados nos desenhos animados da Disney

4) Qual foi o primeiro game que joguei na vida?

a) New Super Mario Bros.

b) Donkey Kong

c) Duck Hunt

5) O único jogo que tive força de vontade para zerar na vida foi...

a) Top Gear

b) New Super Mario Bros.

c) Crash Bandicoot

6) Quando conheci o Clash of Clans, eu...

a) ...fiquei decepcionado

b) ...fiquei pirado

c) ...não tive reação

7) Em que ano comecei a jogar Clash of Clans?

a) 2012

b) 2013

c) 2014

8) Quando fiz intercâmbio, morei em uma casa de família. Em qual cidade?

a) Londres, na Inglaterra

b) Okeene, em Oklahoma

c) São Francisco, na Califórnia

9) Quantos irmãos eu tenho?

a) Dois: Ricardo e Gustavo

b) Quatro: Renato, Ricardo, Frederico e Gustavo

c) Três: Frederico, Gustavo e Ricardo

10) Com quantos anos aprendi a andar de bicicleta?

a) Com seis anos

b) Com quatro anos

c) Com cinco anos

11) Durante quantos anos a casa da minha família ficou em reforma?

a) Quatorze anos

b) Dez anos

c) Vinte anos

12) Qual faculdade comecei a fazer, mas tranquei por não me identificar totalmente?

a) Jornalismo

b) Design

c) Publicidade e propaganda

13) Com um ano do meu primeiro canal no ar (Gelli Clash), quantos inscritos eu tinha?

a) 120 mil

b) 150 mil

c) 160 mil

14) Em que horário costumo ir dormir?

a) Às 23h00

b) Às 06h00

c) Às 02h00

15) No futuro, eu pretendo...

a) ...terminar a faculdade e trabalhar como designer gráfico

b) ...morar fora do Brasil e me aventurar em outra área

c) ...continuar trabalhando com internet e criação de conteúdo

16) Quando eu era criança, meu programa de tevê favorito era:

a) TV Globinho

b) Glub Glub

c) Bom Dia & Cia

17) No primeiro game que eu joguei, os personagens principais eram:

a) Golfinhos

b) Cavaleiros

c) Patos

18) Quantos anos meu pai está próximo de completar?

a) 85

b) 80

c) 75

19) Quando eu era mais novo, fazia aulas de...

a) ...violão

b) ...piano

c) ...bateria

20) Eu amava passar o verão com meus avós na praia! Costumávamos ir para...

a) ...Cabo Frio

b) ...Ipanema

c) ...Búzios

21) Qual era a minha refeição favorita quando eu era criança?

a) Macarrão instantâneo com feijão

b) Macarrão com salsicha

c) Macarrão instantâneo com carne moída

22) Eu tenho uma cicatriz na perna. O que aconteceu no dia em que me machuquei?

a) Eu caí de bicicleta e me ralei na guia da calçada

b) Eu escorreguei na beirada da piscina e cortei a perna

c) Eu me distraí acenando para alguém e enfiei a perna toda em um buraco

23) Parei de editar meus vídeos quando completei quanto tempo de canal?

a) Seis meses

b) Dois anos

c) Três anos

24) Um dos jogos mais difíceis sobre curiosidades que já joguei foi...

a) ...Gênio Quiz

b) ...Perguntados

c) ...Quize

25) À noite, quando preciso pegar algo, corro e vou apagando todas as luzes porque...

a) ...acho que o Slender Man vai aparecer

b) ...acho que um vampiro vai me pegar

c) ...acho que um extraterrestre vai me abduzir

26) Eu já fiquei, no máximo, quantas horas sem dormir? (Não façam isso!!!)

a) 24 horas

b) 50 horas

c) 60 horas

27) Minha comida favorita no mundo é:

a) Feijão

b) Pizza

c) Ervilha

28) Quanto eu gastei para começar a produzir conteúdo para meu canal?

a) Menos de cinquenta reais

b) Exatamente duzentos reais

c) Menos de cem reais

29) Quantos vídeos, mais ou menos, eu editei sozinho?

a) Exatamente de 2.000 vídeos

b) Mais ou menos 3.000 vídeos

c) Por volta de 1.500 vídeos

30) Quando decidi fazer o canal...

a) ...não me preocupava, pois sabia que iria rolar

b) ...passava horas e horas pesquisando para trazer o melhor conteúdo possível

c) ...já tinha tudo certo na minha mente e torci para dar certo

RESPOSTAS

1- a) 1996, em Petrópolis, Rio de Janeiro

2- b) Por volta dos três anos

3- c) Inspirados nos desenhos animados da Disney

4- c) Duck Hunt

5- b) New Super Mario Bros.

6- b) ...fiquei pirado

7- a) 2012

8- b) Okeene, em Oklahoma

9- c) Três: Frederico, Gustavo e Ricardo

10- b) Com quatro anos

11- a) Quatorze anos

12- b) Design

13- c) 160 mil

14- b) Às 06h00

15- c)...continuar trabalhando com internet e criação de conteúdo

16- a) TV Globinho

17- c) Patos

18- b) 80

19- b) ...piano

20- a) ... Cabo Frio

21- a) Macarrão instantâneo com feijão

22- c) Eu me distraí acenando para alguém e enfiei a perna toda em um buraco

23- c) Três anos
24- a) ...Gênio Quiz
25- b) ...acho que um vampiro vai me pegar
26- b) 50 horas
27- a) Feijão
28 - c) Menos de cem reais
29- c) Por volta de 1.500 vídeos
30 - b) ...passava horas e horas pesquisando para trazer o melhor conteúdo possível

SE VOCÊ ACERTOU DE...

· 1 a 10 questões:

Opa! Acho que você poderia ler o livro só mais uma vez (oba!) para saber mais sobre mim. Bora?

· 11 a 20 questões:

Você provou que sabe bastante coisa sobre mim, mas ainda faltam alguns detalhes. Ler novamente não é uma má ideia, não é mesmo?!

· Mais de 21 questões:

Fã de carteirinha que fala?
Você quase gabaritou o quiz e mostrou que se atentou a cada linha. Parabéns!

Primeira edição [setembro/2019]
Papel de capa Cartão Triplex 250g
Papel de miolo Offwhite RB 70g
Tipografias Bignoodle Titling e Blogger sans
Impressão Grafilar